Este libro pertenece a:

This book belongs to:

....

Nota a los padres y a los tutores

Léelo tú mismo es una serie de cuentos clásicos, tradicionales, escritos en una forma sencilla para dar a los niños un comienzo seguro y exitoso en la lectura.

Cada libro está cuidadosamente estructurado para incluir muchas palabras de alta frecuencia que son vitales para la primera lectura. Las oraciones en cada página se apoyan muy de cerca por imágenes para ayudar con la lectura y para ofrecer todos los detalles para conversar.

Los libros se clasifican en cuatro niveles que introducen progresivamente más amplio vocabulario y más historias a medida que la capacidad del lector crece.

Note to parents and tutors

Read it yourself is a series of classic, traditional tales, written in a simple way to give children a confident and successful start to reading.

Each book is carefully structured to include many high-frequency words that are vital for first reading. The sentences on each page are supported closely by pictures to help with reading, and to offer lively details to talk about.

The books are graded into four levels that progressively introduce wider vocabulary and longer stories as a reader's ability grows.

Nivel 3 es ideal para niños que están desarrollando confianza en la lectura, y que están ansiosos de leer historias más largas y con un vocabulario más extenso.

Level 3 is ideal for children who are developing reading confidence and stamina, and who are eager to read longer stories with a wider vocabulary.

Características especiales:

Special features:

Dibujos más detallados para agregar más interés y diálogo

Detailed pictures for added interest and discussion

La bruja encerró a Rapunzel en lo alto de una torre. La torre no tenía puerta, sólo una ventana, para Rapunzel mirar hacia afuera.

The witch locked Rapunzel high up in a tower. The tower had no door, just one window, for Rapunzel to look out.

13

12

Simple estructura de la historia

Simple story structure

Vocabulario más extenso

Wider vocabulary, reinforced through repetition

Al caer, el príncipe hirió sus ojos en algunas espinas.

"¡Ayúdame!" grito. "No puedo ver". Rapunzel quería ayudar al príncipe, pero la bruja se la llevó.

Frases más largas

Longer sentences

As he fell, the prince hurt his eyes on some thorns.

"Help!" he cried. "I cannot see." Rapunzel wanted to help the prince, but the witch took her away.

32

33

Educational Consultant: Geraldine Taylor

A catalogue record for this book is available from the British Library

Published by Ladybird Books Ltd
80 Strand, London, WC2R 0RL
A Penguin Company

001 - 10 9 8 7 6 5 4 3 2 1
© LADYBIRD BOOKS LTD MMXI. This edition MMXII
Ladybird, Read It Yourself and the Ladybird Logo are registered or
unregistered trade marks of Ladybird Books Limited.

ISBN: 978-0-98364-505-4

Printed in China

Rapunzel

Rapunzel

Illustrated by Tamsin Hinrichsen

Un día, un hombre y su esposa estaban caminando al lado del jardín de una bruja. Tenían tanta hambre que se llevaron algunas de las lechugas de la bruja.

One day, a man and his wife were walking past a witch's garden. They were so hungry that they took some of the witch's lettuce.

Pronto, tenían hambre de nuevo, y el hombre regresó al jardín de la bruja por más lechugas. Pero esta vez, la bruja lo vio.

"Usted va a ser castigado por llevarse mis lechugas", dijo la bruja. "Voy a llevarme su primer bebé".

Soon, they were hungry again, and the man went to the witch's garden for more lettuce. But this time, the witch saw him.

"You will be punished for taking my lettuce," said the witch. "I will take your first baby away from you."

9

Poco tiempo después, el hombre y su esposa tuvieron una niña. La bruja llegó y se la llevó.

"Voy a llamarla Rapunzel", dijo ella.

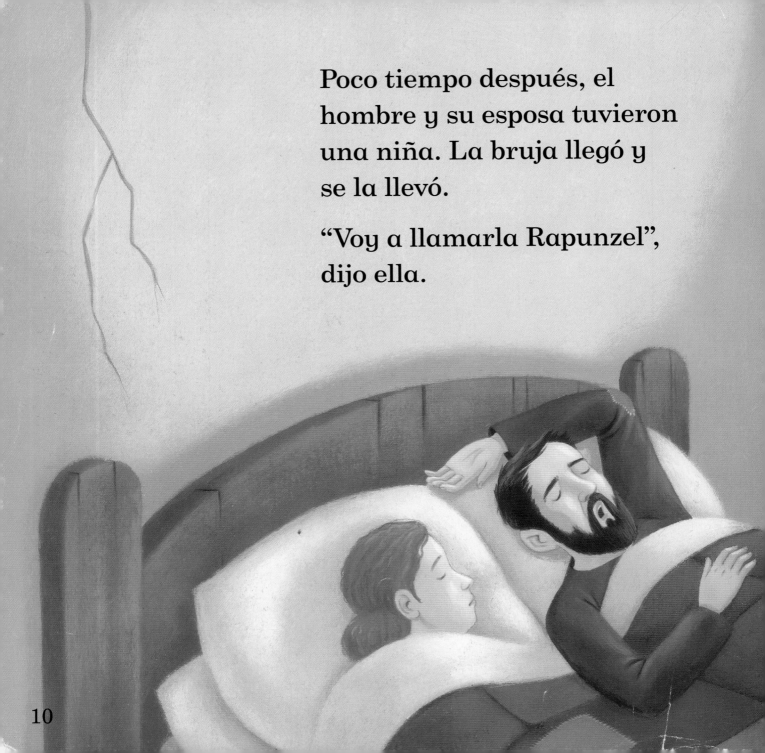

Not long after, the man and his wife had a baby girl. The witch came and took her away.

"I will call you Rapunzel," she said.

La bruja encerró a Rapunzel en lo alto de una torre. La torre no tenía puerta, sólo una ventana, para Rapunzel mirar hacia afuera.

12

The witch locked Rapunzel high up in a tower. The tower had no door, just one window, for Rapunzel to look out.

Cada día, la bruja venía a ver
a Rapunzel.

Ella llamó, "Rapunzel,
Rapunzel, deja caer tu pelo".

Rapunzel dejó caer su largo pelo
dorado por la ventana para que
la bruja pudiera subir.

Every day, the witch came to see Rapunzel.

She called up to the window, "Rapunzel, Rapunzel, let down your hair."

And Rapunzel threw her long, golden hair out of the window for the witch to climb up.

Un día, un príncipe se paseaba junto a la torre. Oyó el canto de una niña, y vio a Rapunzel en la ventana.

Entonces la bruja llegó.

El príncipe la escuchó llamar a Rapunzel, y la vio subir usando el pelo dorado de Rapunzel.

16

One day, a prince was walking past the tower. He heard a girl singing, and saw Rapunzel at the window.

Then the witch came.

The prince heard her call to Rapunzel, and saw her climb up Rapunzel's golden hair.

Después de que la bruja se marchó, el príncipe fue a la torre y llamó, "Rapunzel, Rapunzel, deja caer tu pelo".

Y Rapunzel dejo caer el pelo dorado por la ventana para el príncipe subir.

After the witch had gone away, the prince went to the tower and called, "Rapunzel, Rapunzel, let down your hair."

And Rapunzel threw her golden hair out of the window for the prince to climb up.

El príncipe y Rapunzel hablaron
por un tiempo muy largo.

El príncipe dijo, "Tú eres
demasiado bella para estar
encerrada completamente sola.
Voy a ayudarte a escapar".

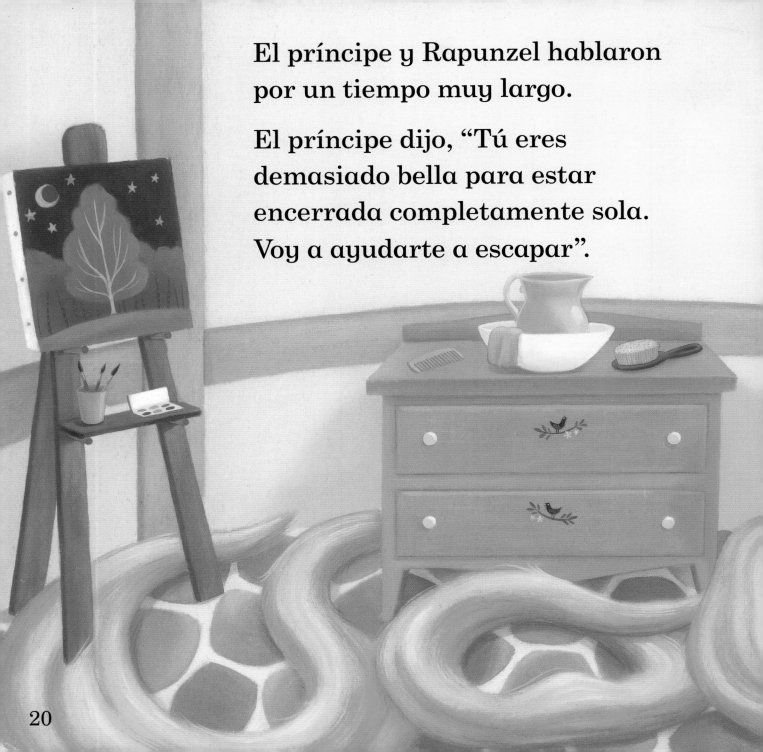

The prince and Rapunzel talked for a very long time.

The prince said, "You are too beautiful to be locked up all alone. I will help you to escape."

21

Al día siguiente, la bruja vino a ver a Rapunzel. A medida que fue subiendo, la bruja lastimó a Rapunzel.

"¡Ay!" dijo Rapunzel. "El príncipe no me hizo daño cuando él subió".

The next day, the witch came to see Rapunzel. As she was climbing up, the witch hurt Rapunzel.

"Ouch!" said Rapunzel. "The prince did not hurt me as he climbed up."

23

La bruja estaba muy enojada. Para castigar a Rapunzel, la bruja le cortó todo el cabello hermoso.

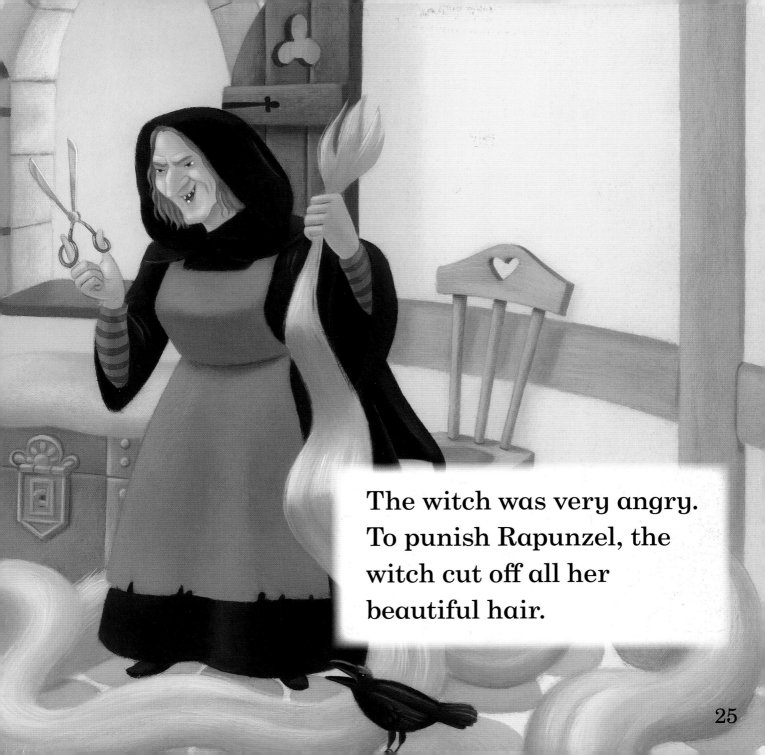

The witch was very angry.
To punish Rapunzel, the
witch cut off all her
beautiful hair.

25

Al día siguiente, el príncipe fue
a ver a Rapunzel de nuevo.

Llamó a la ventana, "Rapunzel,
Rapunzel, deja caer tu pelo".
Y esperó.

The next day, the prince
went to see Rapunzel again.

He called up to the window,
"Rapunzel, Rapunzel,
let down your hair."
And he waited.

Pronto, el hermoso cabello
dorado de Rapunzel
cayó por la ventana, y el
príncipe subió.

28

Soon, Rapunzel's beautiful golden hair came down from the window, and the prince climbed up.

Para su sorpresa, la bruja estaba esperándolo en la ventana. Ella tiró el príncipe de la torre.

To his surprise, the witch was waiting at the window. She threw the prince from the tower.

Al caer, el príncipe hirió sus ojos en algunas espinas.

"¡Ayúdame!" grito. "No puedo ver". Rapunzel quería ayudar al príncipe, pero la bruja se la llevó.

As he fell, the prince hurt his eyes on some thorns.

"Help!" he cried. "I cannot see." Rapunzel wanted to help the prince, but the witch took her away.

El príncipe fue a todas partes
en busca de Rapunzel, pero
no pudo encontrarla.

The prince went everywhere searching for Rapunzel, but he couldn't find her.

Un día, el príncipe escuchó a una chica cantando.

"Rapunzel", exclamó.
"¿Eres tú?"

"Sí", dijo Rapunzel.

Then one day, the prince heard a girl singing.

"Rapunzel," he cried. "Is it you?"

"Yes," said Rapunzel.

Rapunzel estaba tan feliz
de ver al príncipe que
ella comenzó a llorar. Sus
lágrimas cayeron en los ojos
del príncipe, y de repente, él
pudo ver de nuevo.

Rapunzel was so happy to see the prince that she started to cry. Her tears fell into the prince's eyes, and all at once, he could see again.

Rapunzel le contó que
la bruja había muerto.
Ella nunca volvería a ser
encerrada en la torre.
Ella había estado cantando
porque estaba tan feliz.

Rapunzel said that the witch was dead. She would never be locked up in the tower ever again. She had been singing because she was so happy.

41

El príncipe llevó a Rapunzel
lejos a su palacio. Muy
pronto, se casaron, y todo el
mundo hablaba alegremente
de la Princesa Rapunzel.

The prince took Rapunzel
away to his palace.
Very soon, they were
married, and everyone
talked happily of the
Princess Rapunzel.

Entonces Rapunzel y su
príncipe vivieron felices
para siempre.

So Rapunzel and her prince lived happily ever after.

¿Cuánto te recuerdas de la historia de Rapunzel? ¡Conteste estas preguntas y sabrás!

How much do you remember about the story of Rapunzel? Answer these questions and find out!

¿Qué se llevaron el hombre y su esposa del jardín de la bruja?

What did the man and his wife take from the witch's garden?

¿Dónde tuvo la bruja a Rapunzel presa?

Where did the witch keep Rapunzel prisoner?

¿Cómo subieron la bruja y el príncipe a ver a Rapunzel?

How did the witch and the prince climb up to see Rapunzel?

¿Qué se hirió el príncipe cuando se cayó de la torre?

What did the prince hurt when he fell from the tower?

¿Cómo encontró el príncipe a Rapunzel otra vez?

How did the prince find Rapunzel again?

Mira las diferentes frases de la historia y conéctelas con la gente que las dijo.

Look at the different story sentences and match them to the people who said them.

"Tú eres demasiado hermosa para estar encerrada completamente sola. Voy a ayudarte a escapar".

"You are too beautiful to be locked up all alone. I will help you escape."

"Usted va a ser castigado por llevarse mi lechuga".

"You will be punished for taking my lettuce."

"¡Ay! El príncipe no me hizo daño cuando él subió".

"Ouch! The prince did not hurt me as he climbed up."

Léelo tú mismo con Ladybird

Read it yourself with Ladybird

El Patito Feo
The Ugly Duckling

La Cenicienta
Cinderella

Los tres cerditos
The Three Little Pigs

La Caperucita Roja
Little Red Riding Hood

Jack y los frijoles mágicos
Jack and the Beanstalk

Rapunzel
Rapunzel

El Mago de Oz
The Wizard of Oz

Blanca Nieves y los siete enanos
Snow White and the Seven Dwarfs

Coleccione todos los títulos en la serie.
Collect all the titles in the series.